Habe Mut, dich deines eigenen Verstandes zu bedienen.

Immanuel Kant

Fred Keller wurde 1971 in Pforzheim geboren, wo er auch heute noch lebt.
Er arbeitet seit über dreißig Jahren als Einzelhandelskaufmann. Das aufmerksame Beobachten seiner Mitmenschen liefert ihm Situationen, die es wert sind, festgehalten zu werden.
Als gieriger Leser verschlang er Altes, Neues, Krimis, Biografien und Sachbücher.
Schon immer sagte er:
„Irgendwann schreibe ich selbst."
Mit vierzig fing er damit an. Seither sind Fabeln, Kinder- und Fantasy-Kurzgeschichten entstanden, aber auch solche aus dem ganz „normalen" Leben.
Er liebt schwarzen Humor, der oft auch in seine Storys mit einfließt.

Er ist Mitglied im Goldstadt-Autoren e. V.,
Pforzheim.

Kontakt: freddykeller178@gmail.com
www.goldstadt-autoren.de

Kurz und knackig, klein und mal gemein,
auch nachdenklich, spitzzüngig, bösartig, frivol,
mystisch, witzig, frech.
Zukunftsweisend, ernst, schwärmerisch
oder betrübt ...
Alles ist möglich, und am Ende kommt
es oft anders, als man denkt.

Ein Text – 100 Worte
100 Worte – ein Drabble
100 Drabbles – dieses Buch

Bibliografische Information der Deutschen Nationalbibliothek: Die Deutsche Nationalbibliothek verzeichnet diese
Publikation in der Deutschen Nationalbibliografie; detail-
lierte bibliografische Daten sind im Internet über
http://dnb.dnb.de abrufbar.

Covergestaltung und Satz: Claudia Konrad, Pforzheim
Lektorat: Carmilla DeWinter

Herstellung und Verlag:
BoD – Books on Demand, Norderstedt

ISBN 978-3-7504-8245-6

Vorwort

Herzlich Willkommen in meinem fünften Buch.

Ich weiß nicht mehr, welche meiner geschätzten Kolleginnen oder Kollegen als erstes ein Drabble mit zu unserem Autorentreffen gebracht hat. Jedenfalls hat mich der Stil gepackt und nicht mehr losgelassen.

Kurz und knackig ein Thema auf den Punkt zu bringen bereitete mir große Freude. Gehörte Sätze und erlebte Situationen schrien mich an:

„Mach was aus mir."

Jede Seite ein neuer Text, ein neues Thema und immer exakt 100 Wörter. Beim Zählen derselben habe ich mich auf das Word-Programm von Microsoft Office verlassen.

Ich wünsche ein kurzweiliges Lesevergnügen.

Fred Keller

1

Ein Quickie

„Lust auf ein Drabble?"

„Ich esse nichts, das ich nicht kenne."

„Ich rede von einem interessanten Intermezzo, das ich Ihnen vorstellen möchte. Nur Sie und ich."

„Was erlauben Sie sich?"

„Einem kleinen Quickie nicht unähnlich."

„Ich bin eine anständige Frau."

„Jeder braucht doch mal etwas Erfrischendes, das ihn vom Alltag ablenkt."

„Sie haben keine Chance. Ich bin meinem Mann treu."

„Das ist schön, Treue ist auch mir sehr wichtig."

„Was soll dann diese Anmache?"

„Ich wollte Sie lediglich mit einem Text aus hundert Worten zum Lachen bringen. Wenn Sie dabei an etwas Zweideutiges gedacht haben, ist das allein Ihre Phantasie."

2

So ein Hund

Es kommt vor, dass Tiere mit zwei Köpfen das Licht der Welt erblicken. Mutationen entstehen im Tierreich, als Fehler der Natur oder durch das irrsinnige Verhalten der Menschheit, die ihre Technik nicht im Griff hat. Schweinen wurde schon eine Rippe hinzugezüchtet, damit sie mehr Koteletts haben. Es gibt Katzen ohne Haare, und heute sah ich diesen übertrieben befußten Hund.

Bei Tagesanbruch saß ich in meinem Auto und vor mir überquerte eine Frau mit ihrem Vierbeiner, der sechs Beine zu haben schien, die Straße. Ich schaute zweimal hin. Als sie vorbei war, bemerkte ich noch zwei Beine und einen weiteren Hund.

3

Killerinsekt am Abend

Es war spät am Abend, ich lag schon im Bett und wartete geduldig auf meine bessere Hälfte. Es dauerte etwas länger als sonst. Irgendwann kam ein entsetzter Ruf aus der Küche: „Da ist ein Tier!" Eilschritt ins Schlafzimmer. „Ein riesiges Insekt, so groß." Mir wurde mit beiden Händen eine Länge von zwanzig Zentimetern gezeigt. Panischer Abgang. Plötzliches Stühlerücken, Zeitungschlagen und Vorhangwedeln.

Das Tier wuchs in wenigen Minuten beträchtlich. Die angedeutete Länge maß jetzt etwa dreißig Zentimeter. Das musste ich doch mit eigenen Augen sehen. Ich ging in die Küche.

Das Untier fing ich mit einem Latte-Macchiato-Glas, oberer Durchmesser sechs Zentimeter.

4

Nicht fehlerfrei

Knochende Krachen, über so was kann ich mich ergötzen, Buchstabenturbulenzen, die sich erst im Kopf, dann im Text und schließlich auf dem Laptop breitmachen. Verdenker, Versprecher, Verschreiber, ungewollte Stilblüten, durch Zufall geboren, möchte ich teilen. Wenn die Zunge oder die Hände schneller waren als der Kopf, haben wir daran oft Spaß. Ich kann diese Fehler genießen, habe Perfektion nie erreicht. Häufig tippe ich schneller, als das Rechtschreibprogramm rot unterstreicht. Den Kopf muss ich leeren, bevor ich etwas vergesse. Danach wird verbessert, verändert oder auch nicht.

Es muss am Ende keine neue Tastatur sein, nur weil die alte manchmal Schreibfehler macht.

5

Erste Begegnung

Du sahst mich in der Zeitung, wurdest neugierig, wolltest mich kennenlernen. Wir trafen uns, du hattest mich sofort in der Hand, meine inneren Werte interessierten dich. Ich durfte gleich mit zu dir. Es war ein schöner Abend, ich erzählte dir aus meinem Leben, wir gingen zusammen ins Bett. Du schnuppertest, nahmst meinen frischen Duft tief in dich auf. Mein Aussehen muss dir auch gefallen haben, denn du konntest die Augen nicht von mir lassen. Meine Ecken und Kanten störten dich nicht.
Und ich? Ich möchte sicher lebenslänglich bei dir bleiben, denn ich bin ganz bestimmt kein Buch für eine Nacht.

6

Erziehungsmethoden

Wütend war sie, zornig obendrein. Wie konnte ihr Butler nur so lange weg bleiben? Der sollte sich nach Hause trauen! Ihr divenhafter Blick, der stolze Gang mit passender Körperhaltung konnte das komplette Missfallen zum Ausdruck bringen. Da waren keine Worte mehr nötig. Wenn Essen und Trinken nicht zum üblichen Zeitpunkt bereitstanden, hatte sie durchaus Möglichkeiten, ihm das deutlich zu zeigen. Stundenlanges Schmollen, kein Problem. Bösartig malträtierte sie seine Schuhe, die er sich gestern geleistet hatte. An ihnen würde er keine Freude haben.

Starb die Katze nach ihrem neunten Leben endgültig? Nein. Das zehnte verbringt sie in den Erinnerungen ihres Besitzers.

7

Leider zuverlässig

Mein Streben nach Sauberkeit treibt mich durch die Wohnung. Das Bett ist bezogen, der Boden gesaugt. Ich treffe mich mit meinem Helfer Meister P. in der Nasszelle, in der ich gefangen bin, bis alles wieder schön glänzt. Der Spiegel blank, die Toilette gereinigt, die Trennwand der Dusche zeigt mein zufriedenes Gesicht.

Ich gehe wieder raus. Kurz vorm Schließen der Tür höre ich eine leise Stimme böse hinter mir flüstern.

„Pst! Kalki und Staubi, ich bin's der Seifi, kommt schnell rüber! Der pedantische Putzteufel war erneut tätig, er verwischte die Spuren der letzten Tage und machte uns Platz für neue Kreativität."

8

Faust

„Hier steh ich nun ich armer Tor und bin so klug als wie zuvor", steht im Faust.

„Hier steh ich nun ich froher Tor und halte euch 'nen Spiegel vor", hab ich das Ding auf mich gemünzt. Hört ihr euch noch beim Sprechen zu? Nein, das würde ich auch nicht raten. Ich liebe euch dafür, dass ihr spontan sagt, was ihr, äh, „denkt", wollt ich schon schreiben. Doch würde jeder vor einer schnell gegebenen Antwort überlegen, hätte ich weniger, um mich zu amüsieren. So sammelt mein Ohr Inspirationen.

Ein Beispiel:

Das Telefon klingelte und eine Kollegin fragte:

„Soll ich rangehen?"

9

Essstörungen

Die Zahl der Essstörungen nimmt jährlich zu. Ich habe meine schon seit knapp 50 Jahren, lebe aber ganz gut mit ihr.

Meine bessere Hälfte kocht phantastisch. Ich kenne niemanden, der oder die Geschmackvolleres am Herd zaubern kann. Ich schätze mich sehr glücklich.

Essen gehe ich nur noch ungern, weil es mir nirgends so gut schmeckt wie daheim. Der einzige Grund für einen Lokalbesuch besteht für mich darin, dass auch mein Lieblingsmensch das Erlebnis eines servierten Essens, gerne auf meine Rechnung, genießen soll.

Wenn meine Mutter während des Essens anruft, was sie immer wieder gekonnt hinbekommt, dann habe ich meine Essstörung.

10

Ungleicher Kampf

Eine Frau, seit Jahren geübt im Kampf mit spitzen Waffen, oft Worte und Taten, beides manchmal zum Lachen, wollte sich deshalb heute auf ihre Hände verlassen und versuchte, sich weder Angst noch Respekt anmerken zu lassen. Sie benutzte Schutzkleidung, war viel größer als der Gegner vor ihr, den sie auf seinen neuen Platz verweisen wollte. Ihr war einerlei, dass sie unterschiedlichen Gewichtsklassen angehörten. Er war klein und dick, hatte nicht die geringste Chance, da war sie sicher. Sie packte mit beiden Händen zu.

Der Kaktus schüttelte sich vor Lachen, wobei er der Gärtnerin durch die Handschuhe in die Finger stach.

11

Die Mörderin

Es war nicht ihre erste Leiche. Kaltblütig hatte sich Routine eingeschlichen. Fast gleichgültig gestand sie sich, dass sie nach einem anfänglichen Mord zur Serienkillerin mutiert war. Zu einer Verhaftung war es nie gekommen, denn den ermittelnden Kommissaren war sie stets eine Nasenlänge voraus. Gekonnt lenkte sie den Verdacht auf andere. Wer ihr dumm kam, landete erst auf dem Seziertisch, dann im Grab. Sie hatte sich dermaßen abwechslungsreiche Mordarten erarbeitet, dass nicht einmal Kriminalhauptkommissar a. D. Wellendorf-Renz auf die Idee kam, es mit einem einzelnen Täter, oder einer Täterin, zu tun zu haben.
Claudia setzte sich und schrieb einen weiteren Krimi.

12

Frühstücksgespräch

Ludwig und Silvia, seit Jahrzehnten ein Paar, saßen am Frühstückstisch. Gestern hatte sie, wie jeden Samstag, frische Wurstwaren heimgebracht. Heute schnupperte er, wie jeden Sonntag, misstrauisch am gekochten Schinken.

„Ist der noch gut?", ließ die übliche Frage nicht lange auf sich warten.

„Vor einem Tag gekauft", antwortete sie.

„Das ist keine Antwort auf meine Frage."

„Du kannst ja in Zukunft selbst einkaufen gehen", giftete sie genervt über den Tisch.

„Ich trau nun mal keinem Metzger, der nur Süßes isst", nörgelte er weiter.

„Der Schinken ist bestimmt in Ordnung."

Dann griff sie demonstrativ nach dem Honigglas, was ihn noch mehr verunsicherte.

13

Nachtschicht

„Immer Nachtschicht finde ich grässlich. Wenn andere ins Bett gehen, beginnt mein Dienst. Manchmal bin ich schneller fertig, ein anderes Mal dauert es länger, je nachdem, wie lange ich gebraucht werde. Stunde um Stunde halte ich mich wach. Ich zähle keine Schäfchen, sondern Minuten. Ich sehne den Sonntag herbei, um endlich mal nicht funktionieren zu müssen. Oft habe ich einen Kollegen an meiner Seite, weil mein Chef glaubt, er könne sich nicht auf mich allein verlassen. Das empfinde ich als Kränkung, denn mein Akku hat noch viel Saft. Ich bin zuverlässig."
Das waren die Gedanken eines Weckers, bevor er klingelte.

14

Ruhe

Albtraumhafte, unruhige Nacht; unverschämt früh klingelt der Wecker; fahrende Schwachsinnige, vielleicht mit Führerschein; die talentfreie Kollegin versucht zu singen, setzt mir einen Wurm ins Ohr; die Frauen Hinz und Kunz keifen sich an, wer denn nun als erste dran; Frau Schall und Herr Rauch erfüllen das Klischee der zeitlosen Rentner, vielleicht weil sie immer schneller verrinnt; Krethi und Plethi fielen mit ein; Mond in Waage tut das seinige dazu. Ich wollte hier raus, abhauen, mich verdrücken, doch bis Feierabend fanden noch einige Menschen diverse Möglichkeiten, mir auf die Nerven zu gehen.
Sitze auf dem Yogakissen, warte auf Ruhe im Kopf.

15

Thomas

Thomas finde ich großartig. Angefangen beim ungläubigen Apostel, der einen Beweis verlangte, genau mein Ding, über den Erschaffer des *Doktor Faustus* mit Familiennamen Mann. Thomas kann jedoch auch als Nachname vorkommen, wie beim leider etwas in Vergessenheit geratenen Lyriker Dylan. Viele Thomase kreuzten bis jetzt meinen Weg, ist er doch einer der häufigsten Vornamen.

Der erste war in meiner Klasse, ein weiterer stellte meinen Ehering her, der auf Anhieb passte. Da gibt es den beliebten Altenpfleger, und zwei, die mit ungenießbaren Linsen arbeiten. Von Beruf begeisterter Photograph und engagierter Optiker.

Hätte ich ein Mitspracherecht gehabt, wäre ich ein Thomas geworden.

16

Wie es mir gefällt

Shakespeare war zweifelsohne ein Meister seines Fachs. Er beherrschte Tragödie wie Komödie. Das Publikum applaudierte, damals wie heute. Er erschuf *Romeo und Julia* und *Wie es euch gefällt*. Im Film *Viel Lärm um nichts* schien die Sonne, wie diese Wetterbeschreibung jetzt noch genannt wird. Auch ich freue mich, wenn meine Werke euch gefallen, doch gestehe ich hier, mein Ziel ist nicht immer, zu schreiben, wie es euch gefällt. Ich bin ein kleiner Rebell, der die Schriftstellerei als Hobby betreibt, weshalb nicht jedes Wort allen behagen muss. So hörte ich, erbat die Erlaubnis und nannte mein Buch *Wenn die Sonne bläst*.

17

Morgenstund

Die kleine Tessy freute sich riesig, wenn sie morgens sah, dass der Kakao aus dem oberen Fach im Schrank geholt wurde. Allein das Öffnen der Dose ließ eine Duftwolke durch die Küche schweben. Tessy liebte Schokolade und eine heiße Tasse davon, mit etwas Zucker verrührt, war das Höchste der Gefühle. Es war so wohlig angenehm, wenn die Wärme sich in ihrem Bauch ausbreitete. Sie drängelte sich sogleich nach vorne, um ja die Erste, vielleicht auch die Einzige zu sein, die etwas abbekam. Oma Erika stellte das Getränk mit viel Liebe her.

Tessy dachte: *Wie schön, dass ich Erikas Lieblings-tasse bin.*

18

Wo ist der Sinn des Lebens?

Ich reibe mich auf für die Menschen in meiner Umgebung, gebe wirklich mein Bestes, sehe nicht auf die Uhr, sondern bin vierundzwanzig Stunden am Tag bereit. Alle kommen nur zu mir, wenn es etwas zum Saubermachen gibt. Und ich? Ich soll die ganze Zeit immer gut aussehen, möglichst noch einen netten Duft verströmen und warten, bis ich wieder gebraucht werde. Bald werde ich gestorben und ganz verschwunden sein. Ich hoffe, ich bleibe in guter Erinnerung und mein Dasein wird nicht nur wie Dreck den Abfluss hinunterfließen.

Auch das Leben einer Seife muss doch einen tieferen Sinn haben als die Kanalisation.

19

Süßes oder Saures

Mayalinka von Molotow liebte Halloween und Kinder, die mit ihren Taschen von Haus zu Haus zogen und hofften, diese prallgefüllt heimschleppen zu können. Meist bekamen sie Naschwerk oder Obst. Meist, nicht immer. Mayalinka war vorbereitet. Hatte beides, Süßes und Saures! Die Kleinen wussten es nie. Das Klingeln an einer fremden Haustür war wie Forrest Gumps Pralinenschachtel. Die Racker kamen an diesem Abend, wie vom Lieferservice bestellt, nur ohne Fahrer.

Kinder hatte Mayalinka im wahrsten Sinne des Wortes zum Fressen gern. Nach ihrer, wie sie fand, störenden Aufforderung bekamen die Kleinen Letzteres. Sie liebte Sauerkraut. Es passte hervorragend zu den Süßen.

20

Bandenkrieg in der Nordstadt

Die Crow-Brothers sind unterwegs, tauschen geheime Informationen aus. Was planen sie? Einen Angriff auf die Ladys der Magpies? Der Park ist ihr zu verteidigendes Revier, teilen kommt nicht in Frage. Aufgeregt irritiertes Geschnatter in der Frauengruppe. Wie können sie sich verteidigen? Vielleicht doch besser abhauen? Obwohl, sie sind zu acht, die anderen nur zwei, ein unfairer Kampf. Zwei könnten links und rechts einen der Typen festhalten und die Dritte mit spitzen Krallen ihm übers Gesicht fahren, Augen auskratzen, Brust aufreißen, sodass er beim nächsten Aufeinandertreffen Abstand hält. Am Ende stehen die Damen ratlos vor dem Park.
Vogelbeobachtung von meinem Fenster.

21

Cohen

Sein erstes Buch war erschienen. Ein Sänger bot an, einen Abend mit ihm zu gestalten. Er traute sich das nicht zu, sagte ab. Selbstvertrauen, Fehlanzeige. Ein halbes Jahr später stand eine Lesung an. Er sollte vorlesen. Laut. Vor Menschen. Unmöglich. Panik. Wochenlang übte er und malte sich aus, was alles schiefgehen konnte. Stottern, versprechen, verhaspeln, zu laut oder zu leise. Alles war möglich. Der Tag kam unaufhaltsam näher, schließlich war er da. Er stand auf der Bühne, zitterte, las, zack war das Ding vorbei. Danach spielte der Pianist „Halleluja" von Leonard Cohen, einem seiner Lieblingssänger. Ein Zeichen. Alles war gut.

22

Rotlicht

Wenn mir Zweifel kämen, ob ich in meine Heimatstadt einfahre, müsste ich nur zählen, wie oft das Rotlicht auf mich fällt. Ich rede nicht von der *Wilferdinger Höhe*, wo gewisse Damen das horizontale Gewerbe betreiben, denn ich komme aus der anderen Richtung. Da sitzt ein Mann an seinem Computer, regelt nicht den fließenden, sondern stehenden Verkehr. Sicher möchte er nicht, dass wir schnell ankommen, lieber unsere Reisegeschwindigkeit nie erreichen, nicht zu schnell werden auf Pforzheims Straßen. Acht Kilometer „Driving home for weekend", vierundzwanzig Ampeln, der Großteil wird beim Näherkommen rot. Warum, ich weiß es nicht. Ich habe keine davon angebaggert.

23

Die Macht der Drogen

Wie jeder Süchtige beziehe ich meine Drogen vom Dealer. Wieder muss Pforzheims Nordstadt als Beschaffungsort herhalten. Wenn ich etwas Neues ausprobieren möchte, das er nicht besorgen kann, bemühe ich das Netz und bestelle auch mal. Passender Stoff für jede Gemütslage, zum Aufputschen oder Runterkommen. Eine zu große Menge vom einen und ich fliege mit rosa Brille auf einem Glitzereinhorn durch den Tag, zu viel vom anderen und der Blues hüllt mich ein. „Die Dosis macht das Gift", sagte schon Paracelsus.

Der Vorrat daheim darf nicht ausgehen, muss stets aufgefüllt werden. Ich glaube, jeder hat seine Sucht. Bücher sind meine Droge.

24

Verlassen

Ich vermisse dich. Du mit deinen roten Bäckchen und der guten Figur. Hab mich so wohl gefühlt bei dir, du strahltest Wärme aus, ich wusste, welche Knöpfe ich dafür drücken musste. Am Heiligabend hast du mich ohne Vorwarnung einfach dumm stehen lassen, bist mit einem anderen davongefahren. Ich sah dir traurig nach. An Feiertagen gibt es oft Streit, aber doch nicht bei uns beiden, wir waren stets ein Herz und eine Seele. Egal zu welcher Uhrzeit ich dich brauchte, immer konnte ich auf dich zählen.
Jetzt warte ich auf den Anruf der Autowerkstatt und hoffe, dich bald abholen zu können.

25

Süßer die Klingen
nie schwingen

An Weihnachten trifft sich alle Jahre wieder die ganze Familie. Zu später Stunde wird die gute Erziehung gern mal vergessen. Zungen werden geschwungen, und zu oben genannten scharfen Klingen gekreuzt. Sie verspritzen ihr familiäres Gift. Man und frau sagt, was sich ein Jahr oder länger angestaut hat.

Du denkst, *das nächste Mal bleib ich fern, ich mach mir mein eigenes Fest, allein oder mit Freunden, doch nicht mit denen, die mir die Tradition vorschreibt.*

Und nachdem zwölf Monate vergangen sind, bekommst du zu hören: „Das kannst du nicht machen. Es ist doch Weihnachten, das Fest der Liebe."

Erscheinen ist Pflicht.

26

Liebe auf den ersten Blick

Du stachst heraus aus der Reihe der Vielen, fielst mir gleich auf. Du warst der schönste unter euch Brüdern. Ich mag deine Ecken und Kanten, deine athletische Figur, du gleichst nicht wie ein Ei dem anderen. Nein, du bist knackig. Ich sah dich, und dachte: Wow, lecker. Dein südländisches Latinobraun raubte mir den Atem, du glaubst es kaum. Und dann, als ich dich berührte, traf mich dein betörender Duft, er machte mich an. Ich fühlte deine Wärme in meiner Hand. Ich nahm dich mit, konnte kaum erwarten, mit dir allein zu sein.

Der Anfang vom Brot ist stets das Beste.

27

Einsamkeit

Manchmal bin ich enttäuscht, wenn ein angekündigtes Essen ausfällt oder ein freier Tag aus geschäftlichen Gründen nicht genommen werden kann. Endlich mal wieder ein Film in der Programmzeitschrift steht, der mich interessiert, was selten vorkommt, und aus einem aktuelleren Anlass ersetzt wird. Ein vorhergesagter Sonnentag ins Wasser fällt, eine Verabredung nicht eingehalten wird, jemand unpünktlich ist oder ein Theatertermin aus gesundheitlichen Gründen nicht wahrgenommen werden kann.

Unbedeutende Kleinigkeiten.

Das Traurigste, das ich in meinem Leben gesehen habe, war eine handgeschriebene Telefonliste meiner Oma. Namen, Nummern und hinter fast jeder ein Kreuz. Sie war von einem großen Freundeskreis eine der Letzten.

28

Winterschlaf

Umgeben von Eichen ist der Bär nach einem langen, anstrengenden Tag tief in seine Höhle gekrochen. Ein unruhiger Schlaf geleitet ihn durch die Nacht. Er wirft sich von einer Seite auf die andere. Sein tiefes Grollen und Brummen lässt die Waldbewohner in der Umgebung nicht zur Ruhe kommen. Verpasste man ihm einen Tritt, würde er es wahrscheinlich gar nicht registrieren. Vermutlich ist die Nase verstopft, sodass er durch den Rachen atmen muss. Er schläft, wie er glaubt, den Schlaf der Gerechten, sehnt sich nach dem Winterschlaf zurück.

Am Morgen wurde mir gesagt, ich hätte die ganze Nacht furchtbar laut geschnarcht.

29

Ein Zwang

Vor vielen Jahren schwor ich mir, kein Pantoffelheld zu werden. So mancher Mann verlor schon seine Freunde, Freiheit, Meinung und die Hälfte des Vermögens nur durch das einmalige Bejahen einer Frage.

Es ist kein Problem, im Berufsleben eine Chefin zu haben, das gemeinsame Ziel schmiedet uns zu einem starken Team. Doch privat würde mir nie eine Frau ins Haus kommen.

Vor neun Jahren allerdings tratst du in mein Leben, und seither liege ich dir willenlos zu Füßen. Du schnippst mit dem Finger oder klimperst mit den langen Wimpern. Und ich erfülle deine phantastischsten Wünsche.

Verspüre ich den Musenkuss, schreibe ich.

30

Die Kleinsten können
die Größten sein

Es ist zwei Uhr nachts. Ich liege halbwach, starre Löcher in die Decke. Ich könnte aufstehen und fernsehen oder lesen, aber am Morgen ist die Nacht zu Ende. Ich brauche, suche meinen Schlaf, finde ihn nicht. Könnte mal in den Kühlschrank schauen, ob es was Neues gibt. Eher unwahrscheinlich. Ich schleiche mich schlaftrunken im Dunkeln zur Zimmertür, leise, um meine bessere Hälfte nicht zu wecken. Warum ist diese Nacht nur so dunkel? Warum hab ich den Lichtschalter bloß nicht gefunden?

Neunundneunzig Prozent von mir sind schon im Flur, der kleine Zeh, der stellt sich stur.

Jetzt bin ich komplett wach.

31

Hexen

Im finsteren Mittelalter war eine Hexenverbrennung nahezu an der Tagesordnung. Rote Haare oder die Verleumdung eines Nachbarn reichten aus, um auf dem Scheiterhaufen zu landen. Die Damen waren nicht fähig, zu beweisen, dass sie keine Hexen waren. Wie sollten sie auch? Dabei waren es die gebildetsten Frauen der damaligen Zeit, kannten sich mit Kräutern aus, achteten auf die Mondzyklen, wussten, wie man am besten Wunden und Brüche versorgte und vieles mehr.

Heute gibt es Hexen nur noch in Büchern, mit wohlklingenden Namen wie Cynthia Silbersporn und Esmeralda Wetterwachs.

Oder verstecken die Ladys sich nur geschickter als vor gut fünfhundert Jahren?

32

Ich bin die Gedanken los

Gedanken knallen vor dem Aufstehen in rasanter Geschwindigkeit durch mein Hirn. *Was ist zu tun? Was darf nicht vergessen werden?* Der Tag wird mich Energie, Konzentration, Kraft kosten. Menschen, deren Tag scheinbar weniger als vierundzwanzig Stunden hat, werden versuchen mich mit gestressten Gesichtern anzutreiben.

Eben deshalb leiste ich mir eine viertel Stunde nur für mich, gehe achtsam durch den morgendlichen Wald, atme ein, atme aus, bis ich nach wenigen Minuten den angestrebten Zustand des An-nichts-Denkens tatsächlich für einen kurzen kostbaren Moment erreiche.

Der erste Gedanke danach: *Wow!*

Der zweite: *Warum schaffen das andere auch ohne Wald und für längere Zeit?*

33

Der Weltverbesserer

Thomas wollte die Welt verbessern, oder zumindest sein Land, sagen wir seine Stadt, also, den Stadtteil, in dem er arbeitete. Endlich mal den Rauch rauslassen, den Dreck beseitigen, den Menschen zeigen, wie sie gewisse Probleme einfach abziehen lassen konnten.

Er wusste, nicht alle Mitbürger konnten ihn leiden, da er ihre kostbare Zeit in Anspruch nahm. Inzwischen störte es ihn nicht mehr, er akzeptierte diesen Umstand. Man konnte nicht von allen Menschen gemocht werden

Andere liebten ihn, strahlten, wenn sie ihn sahen, verspürten ein regelrechtes Glücksgefühl und wollten ihn unbedingt berühren. Das war besser als ein Selfiewunsch. Er war gern Schornsteinfeger.

34

Ein kleiner Mord

Ich bin informiert, habe Bücher gelesen, weiß jetzt, wie ich am besten das Fleisch von den Knochen toter Körper lösen kann. Scharfe neue Messer und Müllbeutel habe ich auch besorgt. Es ist ja doch einfacher, alles zu entsorgen, wenn die Leiche in kleinere Teile zerlegt ist. Morgen wird der Müll abgeholt, ich habe den Termin bewusst gewählt. Nicht, dass die Nachbarn noch auf komische Gedanken kommen und neugierige Fragen stellen, falls es anfangen sollte aus meiner Wohnung zu riechen. Nein, so ein kleiner Mord muss schon gut geplant sein. Besser, ich überlasse nichts dem Zufall. Heute koche ich ein Hühnerfrikassee.

35

Ausgetauscht

Seit siebzehn Jahren leben wir nun zusammen, sind miteinander umgezogen, haben fast jeden Abend gemeinsam verbracht, dieselbe Musik gehört, Filme gesehen und so manche Tafel Schokolade geteilt. Ich fühlte mich wohl bei dir. Kam ich heim, standest du bereit. Ich weiß, ich übte zu viel Druck auf dich aus, habe mir oft gewünscht, dass du deine Grenzen härter verteidigst, doch immer hast du nachgegeben. Andererseits hat es mir durchaus gefallen, Eindruck zu hinterlassen. Ich werde dich vermissen und mich sicher hin und wieder deiner erinnern. In wenigen Wochen kommen zwei starke Männer und tauschen dich gegen ein neues Sofa aus.

36

Nur mit Gummi

Ich sah dich in dem neuen Laden in der hinteren Ecke mit den anderen rumhängen. Ein echter Kerl aus gutem Holz. Deine Kollegen zeigten leuchtende Farben, hatten jedoch weder Gummi noch Profil. Durch das Wenige, fast Transparente, das dich umhüllte, machtest du keinen Hehl aus deinen Vorzügen. Spitz warst du. Ich wusste, du würdest eindeutige, scharfe Nachrichten für mich hinterlassen. Ein leuchtend roter Gummi, wie interessant. Es wäre ein Fehler, ohne aus dem Haus zu gehen, man kann ja nie wissen, ob das Neue wirklich das Bessere wäre, und wenn nicht?

Für mich kommen nur Bleistifte mit Radierer in Frage.

37

Kinderseelen

Wer ist in der Lebensmittelproduktion dafür verantwortlich, wie ein Produkt heißt? Ich gehe mit offenen Augen durch die Gänge der Läden, lese und überlege, wie gewisse Bezeichnungen auf Kinder, die gerade lesen lernen, wirken müssen. Man erklärt ihnen, bei einem zusammengesetzten Hauptwort steht der erste Teil für die genauere Bezeichnung und der zweite für das, was es ist. Leicht nachzuvollziehen beim guten Apfelsaft, den jedes Kind kennt. Ein Saft, der aus Äpfeln gepresst wurde. Oder Orangensaft, Schokopudding, Erdbeereis. Aber machen sich diese Menschen keine Sorgen um die zarten Kinderseelen? Ich hoffe, die Kleinen bekommen keine Angst, wenn sie „Kinder-Ketchup" lesen.

38

Geliebter Ara

Ara, ich liebe dich, brauche dich, kann und will ohne dich nicht leben. Schon am Morgen, wenn ich deinen Duft erschnuppere, freue ich mich. Wir kennen uns so gut, dass ich dich beim Vornamen nennen darf. Früher warst du noch Herr Bica, doch das ist lange her. Deine Mokkafarbe macht mich an. Du bist heiß, wärmst mich auf, belohnst mich mit deiner Anwesenheit, bringst meine Augen zum Leuchten, beruhigst meine Nerven und beflügelst meine Kreativität. Du bist mein Lebenselixier, begleitest mich durch den langen Arbeitstag.

Ich teile dich mit meinen Freunden, denn alle mögen eine gute Tasse Kaffee reinen Arabicas.

39

Tattoos

Schatten unter der Haut. Bilder, die man lebenslänglich auf sich trägt. Wohlüberlegt und mit wachem Verstand sei die Wahl des Motivs und des Stechers getroffen. Sonst muss am Ende ein Cover Up den irrsinnigen Schaden richten. An gutgewählter Stelle sollte es sein. An Arm, Schulter, Wade und oberem Rücken habe ich jahrzehntealte Kunstwerke bewundern können. Bei Bauch, Beine, Po zieht die Schwerkraft irgendwann nach unten und im Liegen nach hinten. Der dicke chinesische Buddha könnte zum Asket abmagern. Die runde Uhr wie bei Dali zerfließen.

Doch wer auf sich verändernde Tattoos steht, dem empfehle ich die Stellen mit nachlassendem Bindegewebe.

40

Voyeur

Nachts beobachte ich ein Pärchen. Sie ahnen es nicht, doch ich sehe alles, was über der Bettdecke geschieht. Ich vollende eine Nachtschicht und bin ganz in ihrer Nähe. Meist schlafen die beiden bei offenem Fenster, was etwas Licht ins Zimmer bringt. Kurz bevor die Frau morgens die Nachttischlampe betätigt, bin ich schon in Voyeurslaune. Verliebt wie am ersten Tag turteln die beiden miteinander herum. Widerlich, ich kann das nicht leiden, wenn ich es nicht selber bin.

Doch meine Waffe ist der Schlummermodus und mit ihm reiße ich die Hand und die Gedanken der Dame nach fünf Minuten wieder an mich.

41

Ein Gefährte

Mit Leidenschaft umarme, drücke, berühre ich dich, betrachte interessiert dein mir vertrautes Profil. Du stehst unumstößlich wie der bekannte Fels in der Brandung und mir zur Seite, trotzt den Stürmen des Lebens. Mit deiner runengleichen, runzligen Haut gibst du mir Antworten, sagst, was wichtig und was unwichtig ist. Raunst mir scheinbar zu: *Wen kümmern all die Kleinigkeiten in ein paar Jahren noch?* Ich bin dankbar, dir all meine Sorgen erzählen zu können. Du behältst sie für dich. Ich kann so gut abschalten, wenn ich neben dir auf der Bank in unserem Garten sitze. Ein Baum ist verschwiegener als jeder Mensch.

42

Blaue Stunde

Eben war die Abendsonne untergangen, jedoch die Nacht hatte das Tageslicht noch nicht vollends ausgeknipst. Dämmerung. Die blaue Stunde. Ein Waldspaziergang sollte nach der Arbeit Erholung bringen. Der kühle Windhauch strich über ihre leicht verschwitzte Haut. Sie schlenderte, versuchte dabei an nichts zu denken. Zur Entspannung streckte sie sich auf einer Lichtung flach aus.

Plötzlich sah sie dieses unbeschreibliche Meerblau, das ihr vorher hier nie aufgefallen war. Sollte sie in den See springen? Rausschwimmen oder eintauchen in das herrlichste Blau, das die Natur hervorzubringen im Stande war? In der kühlen, vielleicht auch heißen Tiefe versinken?

Des Försters Augen, so blau.

43

Specht auf Valium

Der Ornithologe träumt davon, einen unbekannten Vogel zu entdecken und ihn zu benennen. Plötzlich hört er ein Geräusch, das er nicht zuordnen kann. *Klingt wie ein Specht auf Valium. Langsam klopfend, scharrend,* überlegt er. Der Blick um die Wegbiegung bringt ihm ernüchternde Klarheit. Eine Frau mit Stöcken, ohne Ski und ohne Schnee, kratzt über den gekiesten Weg, treibt die Ruhe aus dem Wald. *Jogger sind schnell und leise, Walker kommen mir unheimlich vor,* denkt er still. Auch er kannte mal einen Walker, hat ihn jedoch gnadenlos aus seinem Leben gekickt. Das war die Zeit, als der Walker noch Johnnie hieß.

44

Schaulaufen

Ein schöner Abend. Kleinkunst in der Großstadt. Die meisten kamen wegen des Programms. Bis auf wenige Ausnahmen, ich erkannte sie schnell und nenne sie gern „die Mitgeschleppten". Man kann sie bei jeder kulturellen Veranstaltung finden. Dann gab es noch die kleine Gruppe derer, die nicht zum Sehen, sondern zum Zeigen erschienen waren. Auf dem langen Flur stolzierte eine teuer aufgepimpte Dame mehrmals auf und ab. Sie warf den Kopf in den Nacken, als suchte sie nach ihrem Gatten. Herr Schicki winkte seiner Frau Micky mit dem Handy. Alle sollten aufmerksam werden.

Auch ich hatte sie wahrgenommen, zeigte es jedoch nicht.

45

Ein knackiges Alter

Vor langer Zeit, als Knabe von zehn Jahren, lachte ich über die knackenden Kniegelenke meiner Mutter und konnte mir nicht vorstellen, auch einmal so zu klingen. Mehr als dreißig Jahre später habe ich eine Menge dazugelernt. Wie ähnlich wir unseren Eltern, nicht nur körperlich, sind.

Manchmal ertappe ich mich, den Satz kenne ich doch, eine Gesichtsfalte wie bei Papa, diese Körperhaltung habe ich auch schon mal gesehen. Bin ein Mensch und trotzdem das Resultat von Generationen.

Heute sendet mein eigener Körper Geräuschsignale. Knie an Schulter, Rücken und wieder zurück – ich bin so was von knackig, da kommt kein Zwanzigjähriger mit.

46

Süßholzgeplänkel

„Es kommt nicht auf die Größe an", sagen die einen.

„Es kommt drauf an, was man damit macht", behaupten die anderen.

„Die Form ist ausschlaggebend, sie kann richtig spitz sein", eine weitere Meinung.

„Ich steh auf die Füllung", äußert eine Frau.

„Aber innere Werte zählen doch auch, sie sind so wichtig", schaltet sich ein Mann in die Diskussion ein.

Und ich sage:

„Es kommt doch auf die Größe an. Es gibt Situationen, da holst du dir, was du brauchst, da reichen hundert Gramm Schokolade einfach nicht. Da muss es die große Tafel sein. Knackig, aus dem Kühlschrank, mit ganzen Nüssen."

47

Das Versprechen

Ein Leben wie im Märchen, mit Schloss an einem ruhig dahinfließenden Fluss, Glitzer und Nächten unter dem Sternenhimmel versprach er ihr.

Sie war verliebt, glaubte ihm jedes Wort, mit ihnen konnte er so gut umgehen, wusste, was Frauen hören wollen. Sie versank in seinen blitzenden Augen, die ein wahrhaft hübsches Gesicht zierten. Er war ihr Prinz. Zur Vollkommenheit fehlte nur noch das weiße Pferd. Nie wäre sie auf die Idee gekommen, er könne ein Blender sein. Heiratsschwindler? Auf so etwas fallen doch nur andere herein.

Das Schloss hängt an einem Brückengeländer, ist eines von vielen. Er kauft sie im Zehnerpack.

48

Der heiße Frisör

Der Frisör, den ich das erste Mal in diesem Laden sah, war sicher hetero. Er redete sehr wenig, was als ein weiteres Zeichen gedeutet werden konnte. Ich habe nichts gegen Homosexuelle. Wie könnte ich? Jeder soll auf seine Art glücklich werden. Aber diese vielredenden, theatralischen, gestenreichen Diven fallen schlichtweg durch mein Beuteraster. Der Kerl war männlich, im besten Sinne des Wortes, gepflegt. Das Hemd spannte leicht über dem kleinen Bauchansatz, was ihn noch knuddeliger aussehen ließ. Der Mann entfachte etwas, machte mich neugierig und feurigheiß.

Er entzündete Watte auf einem Holzspieß und entfernte damit kleinste Härchen von Wangen und Ohren.

49

Eine Empfehlung
der besten Freundin

Die Dame hatte von ihrer besten Freundin erfahren, dass der Typ gerne einmal eine Frau flachlegte. Auf einem Bild, welches ihr gezeigt wurde, wirkte er wie Mitte Vierzig, attraktiv, mit intelligenten Augen. „Besitzt ein abgeschlossenes Medizinstudium", wurde ihr versichert. Angeblich wusste er mit seinem Gerät umzugehen. Das Date war schnell arrangiert. Jetzt war sie am Treffpunkt, hatte es sich bequem gemacht, wartete, ihr Blick folgte dem langsamen Zeiger der Uhr. Die Ungeduld verursachte Trockenheit in ihrem Mund. Endlich betrat er lächelnd den Raum, setzte sich an ihre Seite und sagte einfühlsam:

„Jetzt machen wir mal den Mund ganz weit auf."

50

Harte Schale …

Wir saßen in einer Kneipe in Köln. Harte Kerle
verkehrten angeblich in ihr. Es fehlte nur das Schild
an der Tür: „Frauen müssen draußen bleiben", doch
das hing ein Haus weiter, an einer Bar, die wirklich
nur für Männer war. Das gibt es nur in dieser Stadt.
Menschen beobachte ich für mein Leben gern.
Plötzlich betraten drei Männer den Raum. Natürlich
nicht gleichzeitig, sondern einer nach dem anderen.
Zwei hätten nicht gemeinsam durch die Tür gepasst.
Groß, breit, bärtig, mit Lederoutfit.
Der Größte trat als erster an die Theke und säuselte
mit weichem Sahnestimmchen: „Mach mir doch bitte
einen Kamillentee."

51

Klein und frech

Die Tauben umtänzelten einen Mann, der genüsslich auf einer Parkbank eine Brezel aß. Sie war heute sehr knusprig, was dazu führte, dass kleine und große Krümel auf den Boden fielen. Die Vögel gurrten, pickten die kleinen auf, die weiter weg gesprungen waren, trauten sich jedoch nicht zwischen seine Füße, wo die großen lagen.

Er verfolgte das Geschehen genau, wartete ab, wie weit sie sich an ihn herantrauen würden. Auf keinen Fall wollte er ihnen etwas antun.

Ein frecher Spatz, der die ganze Zeit die Situation von Weitem beobachtet hatte, flog heran, schnappte sich das größte Brezelstück und trug es davon.

52

Stilettos

Die Damenschuhmode ist aus gesundheitlichen Gründen umstritten. Einige bevorzugen flache Sohlen, Extreme laufen so viel barfuß wie möglich, und Weitere stehen auf hohe Absätze. Alleinlebende sollen natürlich anziehen, wozu sie Lust haben, und die Frauen in einer gleichberechtigten Partnerschaft auch. Alle anderen, die von Natur aus eher so Marke Feldwebel sind, jedoch nicht bei der Bundeswehr dienen, könnten zum Erhalt einer aussterbenden Rasse, den Männern mit eigener Meinung, beitragen, indem sie Pumps tragen.

Ich wünsche mir für alle Ehemänner, die unter dem Pantoffel stehen, dass ihre Frauen zu Hause in hohen High Heels rumlaufen. Ein bisschen Platz sollte jeder haben.

53

Annabelle

Eine Einladung bei meiner Mutter. Ich sollte in Begleitung erscheinen. Alle ihre Freundinnen seien schon wahnsinnig gespannt. Meine Neue war zugegeben etwas hart drauf, hatte ihre Augen überall. Typ harte Schale, ganz weicher Kern. Sicher würde sie nach einer halben Stunde Aufwärmphase umgänglicher werden und, wie ich sie kannte, bei allen gut ankommen. Bevor wir losfuhren, machte ich sie etwas an, sodass sie fröhlich gestimmt war. Sie glänzte als Star des Abends, bekam Beifall und ich wurde beauftragt, sie beim nächsten Treffen unbedingt wieder mit zu bringen.

Die Schüssel Kartoffelsalat, hergestellt aus der guten, alten Annabelle, musste lange ihresgleichen suchen.

54

Der Schriftstehler

Der Möchtegern-Schriftsteller hungerte seit Jahren nach dem ersten großen Erfolg. Er schrieb Story um Story. Einen Plot zu erfinden, glaubte er, sei einfach. Immerhin lieferte sein Bruder einen Hit nach dem anderen auf Platz eins der Bestsellerlisten ab. Der sagte ihm: „Ausführliche Recherche und ständige Überarbeitung sind unumgänglich."

„Geht das nicht auch ohne?", fragte der Faule.

„Doch, aber das Ergebnis ist dann nicht mal halb so gut. Außerdem habe ich ständig ein Notizbuch für neue Ideen und Wendungen griffbereit."

Es folgte ein kleiner Mord, der in der Familie blieb.

Die gut gefüllte Kladde wechselte den Besitzer.

Er wurde zum Schriftstehler.

55

Schiffbruch

Marvin erwachte am Meeresstrand. Wie er hierhergekommen war? Keine Ahnung. Das Letzte, an das er sich erinnern konnte? Ein tosender Sturm, sein Boot kenterte. Anscheinend hatte er es geschafft, die kleine Insel zu erreichen. In seinem Augenwinkel erschien eine dunkelhaarige Südseeschönheit, winkte ihm, ihr zu folgen. Er stemmte sich hoch, geschwächt von der Zeit im Meer und dem vielen geschluckten Salzwasser. War sie echt oder eine Fata Morgana? Endlich blieb sie stehen, berührte ihn an der Schulter und begann zu sprechen. Aha, dachte er, also doch keine Fata Morgana.

Sie sagte: „Steh endlich auf! Der Wecker hat schon dreimal geklingelt."

56

Fesselspiele

Es gibt Fetische der verschiedensten Art. Ich kenne einen Mann, den ich gerne als Duftfetischist bezeichne, er liebt ätherische Öle. Ein anderer möchte alles mit einer Nummer versehen, ergo hat bei ihm der Nummernfetisch zugeschlagen. Dann gibt es noch die Menschen, die auf Lack und Leder, Fesselspiele, Blümchensex oder ganz anderes stehen. Die einen mögen Frauen, die anderen bevorzugen Männer. Glattrasiert oder haarig. Jeder Topf findet seinen Deckel. In der unerschöpflichen Auswahl, die Mutter Natur hervorgebracht hat, ist für jeden etwas dabei.

Ich lass mich auch gerne mal fesseln, am liebsten von einer lockerluftigen Sahnetorte. Die bekommt meine volle Aufmerksamkeit.

57

Sodom und Gomorrha

„Sodom und Gomorrha", schrie ein durchgeknallt aussehender Typ durch die Fußgängerzone einer eher kleinen Großstadt. Die Menschen drehten sich um, erwarteten wahrscheinlich einen radikalen Spinner zu sehen. Ein Männerpaar, das sich an den Händen gefasst hatte, ließ erschrocken los. Dass der Paragraph 175 abgeschafft worden war, hatte nicht in jedes Hirn Einzug gehalten. Hielt der Kerl eine Lederpeitsche in der Hand? Wollte er auf die Männer losgehen? Sie achteten darauf, den Abstand groß genug zu halten. Wieder gellten die zwei Städtenamen mit dem schlechten Ruf durch die Einkaufsmeile.

Plötzlich kamen zwei kleine Hunde angerannt, die anscheinend, verrückterweise, diese Namen trugen.

58

Ali Baba und die vierzig …

In unsrer Nordstadt treibt eine Türkengang Faszinierendes. Lange Messer werden täglich gewetzt, um scharf durch Fleisch zu schneiden; runden, weißen oder roten, kinderkopfgroßen Gebilden wird die Haut Schicht um Schicht abgezogen, bis die Tränen fließen. Rothäute werden nicht nur geviertelt, sondern geachtelt, grüne Köpfe, auch mal weiß, in kleine Stücke zerlegt. Das alles geschieht in einer wahnsinnigen, weil routinierten Geschwindigkeit. Die Männer bilden ein eingeschworenes Team, sodass am Ende schon mal, nicht wie bei den Deutschen, bei denen das tapfere Schneiderlein Sieben auf einen Streich erledigte, vierzig in einer Stunde ihr Ende finden können.

Ali Baba und die vierzig Döner.

59

Mindestens haltbar bis, *nicht* sicher tödlich ab

Ist die Menschheit eigentlich bekloppt? Salz ist Millionen Jahre alt, wir geben ihm ein Mindesthaltbarkeitsdatum von zwei Jahren. In den Pyramiden fand man unlängst einen Honig, der auf dreitausend Jahre geschätzt wird. Knallhart sei er gewesen, doch war er unverdorben. In meiner Lehrzeit, zugegeben sie ist schon ein paar Jahre her, hatten Senf und Essig noch kein Ablaufdatum. Was passiert danach mit diesen Lebensmitteln? Saurer wird der Essig sicher nicht.

Wir haben genug Nahrung, verteilen sie nur falsch. Ein Mensch, der Hunger leidet, würde seinem Instinkt vertrauen, prüfen, riechen und probieren, aber nicht nach Ablauf des Verfallsdatums gleich alles wegwerfen.

60

Das seltsame Essverhalten erwachsener Frauen

Beim schönen Geschlecht treiben die Ernährungsweisen seltsame Blüten. Dass vor ein paar Jahren nach kandiertem Ingwer ohne Zucker gefragt wurde, hat sogar Einzug in eine Kurzgeschichte gehalten. Das Widerlichste in den Kühlregalen dürfte wohl veganer Käse sein. Sein Geschmack wird im Negativen fast nur von Buchweizenbrot übertroffen, der ziemlich stark an nassen Gips erinnert. Sehr widersprüchlich empfinde ich auch entkoffeinierten Espresso und alkoholfreien Sekt. Vielleicht gibt es demnächst auch Schwarzwälder Torte ohne Sahne und Whisky light.
Doch die für mich unverständlichste Bestellung, die ich diese Woche erledigen musste, war ein Stück Käsesahne mit vier Gabeln. Da hört der Spaß auf.

61

Ausgewechselt

Was war nur mit ihm geschehen? Sein Leben lang hatte er zuverlässig gearbeitet. Wenn die Chefin es wollte, war er sieben Tage die Woche, vierundzwanzig Stunden am Tag für sie einsatzbereit gewesen. Die schnelle Auffassungsgabe seines Gehirns war fast berühmt. Komplizierte Zusammenhänge begriff er problemlos und die Flexibilität, mit der er sich auf neue Situationen einstellte, war über Ländergrenzen hinaus bekannt. Plötzlich hatte er Erinnerungslücken, regelrechte Aussetzer.

Es war nicht so, dass er urlaubsreif war. Nein, diesmal fühlte er das Ende nahen. Um ihn herum wurde alles dunkel. Jeder Versuch einer Wiederbelebung blieb erfolglos.

Sie brauchte definitiv einen neuen Laptop.

62

Zu viel um die Ohren

Die Arbeit drohte mir in dieser Woche über den Kopf zu wachsen. Das Telefon schepperte den ganzen Tag. Natürlich wäre der nervende Klingelton seltener ertönt oder zumindest kürzer zu vernehmen gewesen, wenn man früher abgehoben hätte, was ich auch schon empfohlen hatte, denn, wenn das Telefon klingelt, könnte das ein Anruf sein, doch die wenigsten meiner Kollegen fühlten sich dafür zuständig. Dazu noch das permanente Gegacker einzelner Damen, die lauter waren als drei Männer.

Ich hatte definitiv zu viel um die Ohren, weshalb ich beschloss, zum Frisör zu gehen. Ein Mann, der sein Handwerk verstand und dabei äußerst wenig redete.

63

Gewaltlos

Ich bin klar gegen Gewalt, war noch nie in eine Schlägerei verwickelt, dafür bin ich eindeutig zu klein. Manchmal könnte ich schon ausholen, wenn ich merke, da kommen meine Worte zwischen den Ohren einer Person, weil eventuell und hoffentlich nur vorübergehend niemand zu Hause ist, gar nicht an. Ohrfeigen sind nicht zum Erziehen geeignet und Kinnhaken leider gesetzlich verboten. Menschen kann ich nicht ändern, das kann nur jeder selbst, sofern er oder sie es will. Schlagen ist wirklich keine Lösung.

Aber der letzte Baum in einer Reihe, die vor meinem Fenster steht, hat endlich ausgeschlagen, und ich finde es herrlich.

64

Romeo contra Cynthia

Ein Essen in Cynthias Hexenküche. Die Macabrüder Marius und Maximilian, Lisa mit ihrem Waldemar, und Pinky durfte natürlich auch nicht fehlen. Es gab keinen Kröteneintopf, nein, feinste Häppchen wurden gereicht. Jeder Geschmack perfekt getroffen. Alte Erinnerungen kamen auf den Tisch. Viele Sätze fingen mit „Wisst ihr noch …?" an. Damals, der Ohrfilter, der Unsterblichkeitstrank, oder der Wapunazauber und endlich das begehrte Hexendiplom. Lieder wurden gesungen. Es war ein phantastischer Abend, der allen noch lange im Gedächtnis bleiben würde.

Und wer sang vergnügt am frühen Morgen, als er sich auf dem Heimweg befand?

Es war der Magier und nicht die Lerche.

65

Vorne wie hinten?

Ein Rücken kann mich wirklich neugierig machen. Dann überlege ich, sind bei dieser Größe und der ansehnlichen, stattlichen Breite auch innere Werte vorhanden, oder wurde die ganze Energie in Äußerlichkeiten investiert? Wie sieht wohl mein Objekt der Begierde von vorne aus? Hält die Vorderansicht, was die Rückseite verspricht oder soll ich lieber nicht zugreifen, keinen Blick wagen? Meist siegt meine Neugier und ich greife nach der rechten Schulter. Was die Leute neben mir darüber denken, ist mir egal, sie sind doch selbst alle auf der Suche.
Ich schnappe gern mal nach einem Buch, das verkehrt herum auf dem Wühltisch liegt.

66

Gegensätze –
Thomas Mann und Drabble

Hätte man, vor gut einhundert Jahren, Thomas Mann die Aufgabe gestellt, ein Drabble zu schreiben, kurz, knackig, pointiert, hätte er vermutlich die Arbeit an seine Frau Katia weitergegeben. Für kurze Dinge war sie sein dienstbarer Geist. *Der Zauberberg,* immerhin als Kurzgeschichte geplant, umfasste am Ende eintausend Seiten. Allein mit einer Personenbeschreibung konnte er drei Blätter füllen. Aber hätte Katia mit den Worten: „Für so etwas Neumodisches fehlt mir die Zeit", abgelehnt, was wäre geschehen? Einen Versuch hätte er gewagt.

Genervt, so wenige Wörter benutzen zu dürfen, würde er den Schreibtisch verlassen und wie seine Madame Chauchat die Tür zugeknallt haben.

67

Jessy

Nach einer langen, jedoch überraschenderweise nicht ganz so anstrengenden Woche wie befürchtet, sagte ich zu einer Freundin, dass ich mich am Sonntag mit Yoga und einer Meditation regenerieren wolle. Das helfe mir, den Stress abzubauen und die für mich unbegreifliche Dummheit, die ich wieder erleben durfte, hinter mir zu lassen. Danach würde ich mich drei Zentimeter größer fühlen, weil mein Körper gestreckt sei und der Kopf neuen freien Speicherplatz zur Verfügung habe.

Ihre Antwort war herrlich. Mit ihren verschmitzt blitzenden Augen lächelte sie mich an. Und so, als würde ich in den Urlaub fahren, wünschte sie mir eine gute Reise.

68

Air

Eine überlegende Kundin hielt die CD des angesagten Violinisten hoch und fragte den Verkäufer:

„Ist da *air* drauf?"

Irritiert blieb der Angesprochene stehen.

„Natürlich ist *er* da drauf, ist doch seine neueste."

„Ja, aber ist da auch *air* drauf?", erbat sie erneut Auskunft.

„Nicht auch, sondern nur *er*. Wer denn sonst?"

„Soll ich Ihnen vorsingen?", bot sie an.

Bloß nicht, dachte er.

„Auf dieser CD wird nicht gesungen. Was suchen Sie eigentlich? Ein gesungenes Stück, das wer singt? Oder eine CD von ihm?"

„Ich suche *air*."

„Ihn?", er vermutete ein grammatikalisches Missverständnis.

„*Air,* dieses einmalige Stück von Johann Sebastian Bach."

69

Tanz um die Sonne

Ich habe Eva und die Schlange mit der anschließenden Vertreibung aus dem Paradies überlebt; die Dinosaurier und ihr Ende durch den Meteoriteneinschlag; Pest und Cholera; Schlachten im Mittelalter und Kriege in der Neuzeit, die den Boden mit Blut überschwemmten; Umweltkatastrophen wie Ölteppiche, Tschernobyl und Fukushima. Leider sind durch die Menschheit einige Tierarten ausgestorben, das kann nicht rückgängig gemacht werden.

Schlechte Charaktereigenschaften lassen mich kalt, ihr müsst das unter euch ausmachen.

Aber erst wenn der letzte Mensch gegangen ist, werde ich mich erholen können, und wieder zu dem friedlichen blauen Planeten werden, der ich einmal war, und um die Sonne tanzen.

Nur ihr Bestes

Jeden Donnerstag kam er einkaufen. Seine Augen strahlten der Kuchentheke entgegen, was sie seiner Schüchternheit zuschrieb, denn vermutlich gefiel sie ihm genauso wie er ihr. Wahrscheinlich hatte er jedoch nicht den Mut, es zu zeigen. Diesmal hatte sie ein Tablett vorbereitet, worauf ihr Name und die Handynummer stand.

Mit: „Ich hab Ihnen ein Extra rein", und einem verschmitzten Augenzwinkern überreichte sie ihm das Kuchenpaket.

Seine Augen leuchteten, er freute sich schon auf einen der leckeren Kekse, den er als Geschenk vermutete.

Eine Woche später sah er ihr in die Augen und sagte: „Ich will nur Ihr Bestes: Einen gedeckten Apfelkuchen."

71

Sex, no drugs und Rock'n'Roll

Volkes Mund gebiert zeitweise, als Stilblüten der gehobenen Lebensart getarnt, erstaunliche Ausreden.

Frau traf sich früher auf einen Prosecco, und nachdem sie den Hugo abservierten, ist jetzt gerade Aperol angesagt. Wie lange, wird sich zeigen.

Das obligatorische Glas Sekt zur Begrüßung. Ein Aperitif, damit man mehr essen kann. Rotwein, weil er hervorragend zum Hauptgericht passt. Und am Ende einen Kurzen als Verdauungshilfe. In Härtefällen noch Bier, wahlweise Wein zum Vergessen.

Es gibt Menschen, die sagen, du stirbst, ob du trinkst oder nicht, also trink.

Ich brauche kein Getränk, das mir die Zunge löst und kann auch ohne Alkohol blöd werden.

72

Ein Vorsatz

Mein widderliches, feuriges Sternzeichen lässt mich Mauern einrennen, wo andere vergeblich nach Durchgängen suchen. Ich sage, was ich denke, auch wenn ich der einzige Mensch bin, der diese Meinung vertritt. Das macht manchmal einsam und mich zum Außenseiter. Es kostet Mut, Kraft, Entschlossenheit und wird von einigen Menschen in meiner Umgebung nicht gern gesehen.

Ich nehme mir vor mich anzupassen, im Rudel mitzulaufen, mich der Mehrheit anzuschließen. Das ist sicher ein einfacheres Leben. Ich muss weniger denken, lebe in den Tag und plappere die Meinung der Vielen nach. Eigensinn habe ich bestimmt überbewertet.

Am dreißigsten Februar werde ich damit anfangen.

73

Gar nicht nett

Wirbel für Wirbel arbeitet sich der qualvolle Schmerz durch meinen gesamten Rücken. Ich kann mich nur noch aufrecht halten, wenn ich an jeder Seite von einem Freund gestützt werde. Wieder und wieder ließ der Kerl mich hochkommen, neue Hoffnung schöpfen. Er hielt mich kurz, ich dachte schon, jetzt hat er sich beruhigt. Doch dann knallte er mich nach einer Weile erneut nach unten. Warum hat mich der Typ so auseinandergenommen, runtergedrückt, bis mein Rückgrat brach? Die Kleidung ist zerrissen und meine Haut aufgeplatzt.

Ich wollte ihm nur Informationen anbieten und er war zu ungehobelt, ein Lesezeichen in mich zu legen.

74

Gänsehaut

Es ist Anfang Mai. Das Thermometer zeigt zwei Grad. Fast kann man wieder kleine Atemwölkchen sehen. Die dicken Winterpullis, eben frisch gewaschen und im Schrank nach hinten geräumt, kommen nochmal zum Einsatz. Junge Männer in kurzen Hosen wollen uns tatsächlich glauben machen, dass sie nicht frieren. Es ist so kalt, dass sich eine Gänsehaut an Armen und Beinen gebildet hat, bis man im Bett ist. Der Gedanke: *Wird es mir irgendwann mal wieder warm?*, kreist als Dauerschleife vor dem Einschlafen durch den Kopf.

Dabei habe ich nichts gegen Gänsehaut. An Weihnachten, direkt aus dem Ofen, bei 180 Grad, schön knusprig.

75

Maria Mancini

Du hast mich verführt, ich war süchtig nach dir, konnte kaum erwarten, die Abende und Wochenenden mit dir zu verbringen. Deine Nähe brachte mir Entspannung. Braun deine Haut, vollendet die Rundungen deiner Figur, deine innere Stärke: umwerfend. Die Glut schwelte gleich zwischen uns, nachdem das Feuer erwacht war. Schon als kleiner Junge war ich neugierig, wollte dich berühren, deinen verführerischen Duft tief in mich einsaugen. Als ich den glücklichen, zufriedenen Gesichtsausdruck der anderen Männer, denen du den Kopf verdreht hattest, sah, wusste ich, ich musste dich kennenlernen.
Es ist jetzt über drei Jahre her, seit ich meine letzte Zigarre rauchte.

76

Große Schriften

Große Schriften der Weltliteratur faszinieren mich. Ich habe einige, jedoch viel mehr leider noch nicht gelesen, sie warten geduldig auf ihren Einsatz. Klassiker zieren, manche in feinen Ausgaben mit Lesebändchen, mein Bücherregal. Die *Ilias* dürfte der älteste sein. In Goethes *Italienische Reise* kann ich mich fortbewegen oder auf dem *Zauberberg* ausruhen. Ich sterbe mit *Romeo*, genieße die dunkle Seite des *Dorian Grey*, rätsle bei *Sherlock Holmes* und amüsiere mich über die Einfälle von Wilhelm Busch.

Es gab Texte, die ich erwerben wollte, jedoch aufgrund ihrer kleinen Schrift im Laden ließ.

Ich achte bei meinen Veröffentlichungen darauf, eine große Schrift herauszugeben.

77

Der Rebell

Ich bin der Rebell seit etlichen Jahren, kann nichts dafür, ich bin wie ich bin. Das Schwimmen im Schwarm ist meine Sache nicht, bin eher Einzelgänger als Rudelrenner. Meinungshaber statt Jasager.

Ich oute mich hier und jetzt. Silvester verbringe ich mit meinem Lieblingsmenschen. Wir essen zu zweit und haben kein *Dinner for one*. Otto finde ich schon lange Zeit nervig, und Loriot hab ich zu oft gesehen.

Wenn alle etwas machen, halte ich mich fern. Es muss nichts stimmen, weil viele es sagen.

Ich liebe Hesses *Steppenwolf*.

Und Lindenberg interpretiert: Mein Ding. Ich mach es so, wie er es singt.

78

Amuse-Gueule

Das Ehepaar Krause nahm einen Hochzeitstag als Anlass für den Besuch in einem Restaurant der angeblich gehobenen Kategorie. Mehrere Gänge sollten es sein, das war bitter nötig, wie ihnen zu Ohren gekommen war, denn erst satt wollten sie die Lokalität verlassen.

Sie warteten lange, das nahm er etwas übel. Eine Knabberei, um den größten Hunger abzumildern, wäre genau richtig. Er traute sich die Bedienung zu fragen: „Könnten wir eventuell einen kleinen Gruß aus der Küche bekommen?"

Nach einem leicht debilen Blick verschwand sie, ohne zu antworten.

Kurz darauf erschien der Koch an ihrem Tisch und sagte zwei Worte.

„Guten Abend."

79

Alltagsfluchten

Jeder richtet sich sein Domizil ein, wie es ihm gefällt. Wir verschönern, machen gemütlich, putzen, um den Status quo zu halten, manche dekorieren.

Ich arbeite vierzig Stunden pro Woche, plus fünfmal je eine halbe für Hin- und Rückfahrt. Dazu kommen durchschnittlich sechs Stunden Schlaf pro Nacht, macht zusammen 87, ohne Ausgehen und die kleinen täglichen Besorgungen. Zeit, in der ich meine Wohnung nicht sehe. Wenn ich mal Urlaub habe, fragt mich jeder, wohin es geht.

Ich überlege, ob andere so hässliche Wohnungen haben, in denen sie sich nicht wohlfühlen, dass sie die Flucht ergreifen müssen, sobald sich die Gelegenheit bietet.

80

Mann mit Hut

Im Wagen vor mir fährt ein Mann mit Hut. Auf der Ablage steht ein Wackeldackel. Früher nannte man diese Gattung gerne Sonntagsfahrer. Heute ist der Hut wieder salonfähig, oder besser outdoorfähig geworden. Doch der Herr scheint mir von der alten Schule zu sein. Keinesfalls würde er die zulässige Höchstgeschwindigkeit voll ausschöpfen oder sich vom dicht auffahrenden Auto hinter ihm antreiben lassen. Wer langsam fährt, kommt auch ans Ziel, scheint seine Devise zu sein. Wenn er mit anderen Menschen spricht, die sich über Staus oder das *Kolonne fahren müssen* beklagen, kann er das überhaupt nicht nachvollziehen.

Vor ihm ist stets frei.

81

Na und

Friedrich der Große meinte: „Jeder muss nach seiner Fasson selig werden." Wenn ein Mann einen Mann liebt, eine Frau eine Frau, der Dritte ein Stück Kuchen, wen geht's was an? Jede Liebe ist besser als Streit. Wenn alles von Gott, der Natur oder „big mama universe", nennt es wie ihr wollt, kommt, kann es nichts Schlechtes sein.

Seht nur, mit wie viel Kreativität diese Menschen Kunst erschufen und noch immer in der Musik oder Schriftstellerei erschaffen. Denkt an Freddy Mercury, Marla Glenn, Thomas Mann, Selma Lagerlöf oder Tschaikowski.

„Egal ob ihr meiner Meinung seid oder nicht. Ich sage: Na und!"

82

Waldesruh

Vor Steinschlag wird gewarnt, Schilder sagen, schau nach oben. Auf der anderen Seite des Weges ging es steil nach unten, ausrutschen wäre sicher tödlich. Ehepaar Krause spazierte durch den Wald. Frau Irene plapperte ohne Unterlass, was Hermann die Waldesruh vergeblich suchen ließ. Ab und zu fügte er ein zustimmendes Geräusch in den dreißigjährigen Monolog seiner Frau ein, was sie zum Anlass nahm fortzufahren.

Er klaubte einen handgroßen Findling auf, fand Gefallen an ihm, hielt ihn lange in der Hand, überlegte, ihn mitzunehmen, seiner Steinsammlung hinzuzufügen, seinen stillen Begleitern. Wo könnte er ihn am besten platzieren?

Spontan traf er den Hinterkopf.

83

Wachsendes Schweigen

Am Anfang ihrer Beziehung hatten sie viel zu erzählen. Sie sprachen nächtelang, ein Wort ergab das andere, sie lachten über dieselben Dinge.

Jetzt kannte jeder des anderen Geschichten, konnte sie wortgetreu beenden.

Wie schaffe ich es, dass mein Mann wieder mehr mit mir redet?, überlegte sie. *Egal was ich sage, er antwortet nur noch mit einem knappen Tongeräusch. Aber bin ich anders, wenn er ein Thema wählt, das mich nicht interessiert?*

Frustriert zog sie sich in die Welt ihres Liebesromans zurück, in dem am Ende wieder alles in Ordnung sein würde.

Als sei dies ein Stichwort, begann er zu reden.

84

Laserpointer

„Besitzen Sie einen Waffenschein?", fragte die Polizistin bei einer Routinekontrolle den attraktiven Mann.

„Wofür?", lautete die überraschte Antwort. „Ich bin unbewaffnet."

„Und die zwei Laserpointer? Die können doch nicht natürlichen Ursprungs sein."

„Was meinen Sie?"

„Fragen Sie nicht so scheinheilig! Sie wurden sicher schon mehrfach darauf angesprochen."

„Ich verstehe noch immer nicht."

Die Polizistin tippte die Personalien vom Ausweis in ihr Handy und fragte noch nach der Telefonnummer.

„Ich mache es Ihnen zur Auflage, nur noch mit einer Sonnenbrille in die Öffentlichkeit zu gehen. Für diese blauen, intensiv strahlenden Augen müssen Sie sonst einen Waffenschein beantragen. Sie sind extrem verwirrend."

85

Der Bach

An so richtig stressbeladenen Tagen spüre ich mit dem Voranschreiten der Stunden ganz deutlich, wie ich den Abend zu meiner Entspannung am besten gestalte. Der Bach holt mich runter, er erdet mich. Sein Lauf kann mal aufbrausend, auch leicht dahinplätschernd sein, wie ungestüme Stromschnellen sich in die Tiefe stürzen oder sich sanft wie durch eine Blumenwiese voran schlängeln. Das Rauschen und Brausen, es erklingt, strömt durch meine Ohren, ins Gehirn, erreicht die sensibelsten Nervenenden. Sie alle werden ruhig. Ich atme ein, ich atme aus, schließe die Augen und lausche gedankenbefreit dieser einmaligen Gottesgabe.

Ich gestehe, ich liebe Johann Sebastian Bach.

86

Wasser

Einige alternde Promidiven behaupten gerne mal, dass sie ihr zwanzig Jahre jüngeres Erscheinungsbild nur dem vielen Wassertrinken zu verdanken hätten. Eventuell noch in Verbindung mit einer enzymreichen Ananas, aber sonst – nichts. Über eine Straffungs-OP hätten sie höchstens mal bei einem Event etwas im Ohrenwinkel vernommen. Da wurde getuschelt, dass es tatsächlich Damen geben soll, die so etwas, manche schon mehrmals, machen ließen.

Wasser ist überaus wichtig für unseren Körper. Es hilft, ihn in Schwung zu halten, fördert die Konzentration und das Koordinieren der Bewegungsabläufe.

Ich bin davon überzeugt, dass der Schönheitschirurg sein Leben lang ein gutes Wasser zu schätzen wusste.

87

Am Ende

Wir waren tausende, ich war nie allein. Mein Jahrgang geburtenstark. Enge in unserer Gegend, am Anfang wurde Uniform getragen, später machten wir mit Farbschattierungen Unterschiede sichtbar. Vom Sturm des Lebens durcheinander schließlich auseinander gepeitscht. Jeder verschwand, wohin der Wind ihn blies. Kontakt war eher zufällig. Jetzt bin ich der Letzte, nichts hält mich mehr am Geburtsort, die Lebensböe reißt mich fort. Ich falle hinab, noch ein kurzer Ritt durch die Luft, konnte nie soweit mich fortbewegen. Doch, halt, was sehe ich ein paar Meter unter mir? Meine alten Bekannten! Ich war das letzte Blatt, sitze nun oben, auf dem Haufen.

88

Hoffnung

Jules Verne beschrieb vor über einhundert Jahren die Zukunft mit damals unvorstellbaren Dingen. Der Fortschritt brachte einige seiner positiven technischen Prophezeiungen in die Gegenwart.

George Orwell sagte in seinem *1984,* fünfzig Jahre später, Düsteres voraus. Auch davon ging so einiges in Erfüllung.

Der moderne, gläserne Mensch wird durch Kreditkartenzahlung, Handymasten und Browserverlauf überwacht. Alexa, Siri und Co. kennen unsere Entscheidungen, bevor wir sie fällen.

Die Reihenfolge fortführend wäre demnach jetzt wieder die Zeit für gute Vorhersagen. Wir Autoren sollten schreiben, dass in der nahen Zukunft Frieden herrscht und alle von allem genug haben.

Unser Planet schreit nach Vernunft und Hilfe.

89

Dunkle Gestalten

Sie trafen sich im Schutz der Bäume. Ihre schwarze, wie Leder schimmernde Kleidung ließ sie nahezu mit der Dunkelheit verschmelzen. Manchmal glaubte man fast, eine glänzende Waffe aufblitzen zu sehen. Junge, starke Typen, vollgepumpt mit frühlingsfrischem Testosteron, führten in einer mir fremden Sprache heftige Auseinandersetzungen. Keinen blassen Schimmer, was da besprochen wurde. Ein Wort gab das andere. Die Befürchtung, es käme zu einer Keilerei, lag nahe. Kein Passant traute sich ein vermittelndes Wort zu äußern, lieber wurde die Straßenseite gewechselt und schnell das Weite gesucht. Man wollte nicht dazwischengeraten und vielleicht noch angeschissen werden.

Heute Nacht, die Raben im Park.

90

Der benutzte Mann

Wer wagte es am Sonntagmorgen um sieben in unserem Mietshaus einen Staubsauger einzuschalten und mich so bestialisch aus dem Schlaf zu reißen? Ich überlegte, ob es ein Autopfleger sei, der am Samstagnachmittag nicht fertig wurde? Oder eine badische Hausfrau, die alles sauber haben wollte, bevor die Sommerhitze in die Häuser einfällt? Ich konnte die Herkunft des Geräusches nicht genau orten.

Als ich aus dem Schlafzimmer ging, sah ich das akustische Foltergerät in unserer Wohnung stehen. Grinste es mich an?

Der Übeltäter war ein klitzekleines Insekt, das meine bessere Hälfte dazu gebracht hatte, sich mit dem Staubsauger zur Wehr zu setzen.

91

Kein Ponyhof

Er war nicht beliebt. Eigentlich mochte ihn keiner in unserer Firma, aber das Leben ist nun mal kein Ponyhof, und man kann sich nicht aussuchen, wer hereinspaziert. Da er seit Jahren einen wöchentlichen Termin hatte, besaß er schon Gewohnheitsrecht. Er war alt, man konnte ihm nicht einfach absagen. Im Normalfall komme ich gut mit Älteren klar, aber dieser, nun, mir fehlt fast der passende Ausdruck, oder doch nicht, aber ich will ja höflich bleiben. Schon wenn ich morgens an dem Tag losfahre, weiß ich, er wird da sein. Ich wappne mich mit Johanniskraut.
Kennen Sie ihn auch? Diesen schrecklichen Montag.

92

Reiner Zufall

Reiner Zufall, nein, den gibt es nicht. Ich zerlege gern Wörter. Zufall. Mir fällt etwas zu, zum richtigen Zeitpunkt, genau dann, wenn ich es brauche. Ich höre das Lied mit der passenden Strophe, obwohl ich es kenne, bemerke ich sie zum ersten Mal. Ich hole ein Buch vom Regal, vielleicht steht es schon lange da und wartet auf seinen Einsatz, ein Abschnitt springt mich an, schreit: Ich bin für dich bestimmt. Oder ich höre einen Satz, der gar nicht zu mir gesagt wird, jedoch die Antwort liefert, die mir fehlte.

Lieber als an reinen Zufall glaube ich meinem Freund Rainer.

93

Das gefräßige Monster

Wir führten in unserer Wohngemeinschaft ein harmonisches Leben, stammten aus demselben Gen-pool und doch war jeder ein Unikat.

Zu Hause, das war eine von der Außenwelt hermetisch abgeschlossene Silberhöhle. Zumindest bis eines Abends mit einem Ratsch Helligkeit über uns hereinbrach, die den Frieden blitzartig beendete.

Ein gefräßiges Monster zerrte einen nach dem anderen aus der Behausung, verschlang meine Wahlfamilie mit scheinbar unbezähmbaren Hunger.

Ich bin der Letzte, würde mich feige hinter jemandem verstecken, doch es ist keiner mehr da. Die Klaue sieht mich nicht, sucht grapschend nach mir, findet mich. Ich bin, war, der letzte Chip in der Tüte. Aaaahhh!

94

Alltagsfetzen

Meereswellengleich schwappen endlos regenbogen-
bunte Ideen durch Gehirnzellen. Einige versickern in
der Mülltonne des Unterbewusstseins wie Wasser im
Sand. Andere springen zurück, hüpfen hartnäckig,
ping-pong-artig über blitzende Synapsen, wachsen zu
einer Hundertschaft von Wörtern, und fühlen sich
durch ein gemeinsames Thema verbunden. So bunt
wie das Leben tanzt die Muse auf den Wellen der
Klaviatur der Vielseitigkeit. Dabei macht sie vor
nichts Halt, ist einmal klein und gemein, nachdenklich, spitzzüngig, bösartig, frivol, mystisch, frech,
schwärmerisch oder betrübt. Staubtrocken grätscht der
Zufall, den man Leben nennt, lachend in bojengleich
schaukelnde Pläne.
Wenn es anders kommt, macht die Pointe den
Gedankenfetzen zum Drabble.

95

Täuschende Wolken

Die Hitze drückt das Energielevel runter und die Thermometeranzeige nach oben. Die angekündigte Abkühlung in Form eines Gewitters zieht am dunklen Nachthimmel auf. Ich stehe auf dem Balkon, beobachte Blitze – oder ist es doch nur Wetterleuchten? – die näher kommen. Jede Windböe begrüße ich dankbar, freue mich auf den Moment, wenn der Himmel endlich aufreißen und das Wasser herunterpladdern wird.

Die Beine schlafen mir ein, mein Rest ist auch müde, schließlich gehe ich ins Bett. Sollte es in der Nacht hereinregnen, muss ich eben aufstehen und die Fenster schließen.

Am Morgen bemerke ich, dass die Wolken an meiner Stadt vorbeigezogen sind.

Misanthropie

Ich bin kein Misanthrop, obwohl ich gut allein sein kann. Vielleicht liegt es an meinem fortgeschrittenen Alter von nahezu fünfzig Jahren, dass mir bei einem Treffen von mehr als zehn Personen der Geräuschpegel zu hoch wird, ich den parallel-laufenden Gesprächen nicht mehr folge und meine Gedanken aus dem Fenster fliehen. *Hier gehöre und passe ich nicht dazu*, sendet mein Hirn als Untertitel.

Was die Leute reden, kommt mir leider oft nicht nur spanisch vor, denn da könnte ich mit einem Wörterbuch Abhilfe schaffen.

Versteht mich nicht falsch, ich mag Menschen, aber ab fünf Personen seid ihr mir oft zu viel.

97

Durch die schweren Zeiten

Was mache ich in schweren Zeiten? Ich zähle positive Dinge auf, dann wird mir bewusst, wie gut ich es doch habe.

Wo tanke ich neue Energie? Ich gehe in die Natur. Im Wald wird durch das Verändern eines Buchstabens aus tanke – danke.

Wen frage ich in einer Krise um Rat? Ich rede mit meinem Lieblingsmensch oder schreibe einer Freundin, die immer schnell antwortet.

Es gibt diese Tage, an denen fast jeder versucht mir auf die Nerven zu gehen. Ich lasse es nicht zu.

Doch Zähne zusammenbeißen, wie ich es schon oft getan habe, funktioniert heute nicht.

Ich sitze beim Zahnarzt.

98

Man kennt sich

Alain hatte sich ein neues Rezept vorgeknöpft. Stundenlang stand er in der Küche, bereitete alles vor, schnippelte, was das Messer hergab, briet an, achtete genau auf die Temperatur, schmeckte ab, würzte nach, bis er das Gericht zur Vollkommenheit gebracht hatte.

Er trug es ins Esszimmer an den gedeckten Tisch.

„Vielen Dank für dieses tolle Essen", sagte Lea nach einem Blick auf das Mahl.

„Du hast es ja noch gar nicht versucht", meinte der Meisterkoch, der sein Licht gerne unter den Scheffel stellte, bescheiden.

„Ich probiere jetzt dein Essen seit über zwanzig Jahren, und weiß, dass es ganz hervorragend schmecken wird."

99

Also sprach Gott

„Das Projekt *Mensch* scheint zu scheitern. Wen ich den roten Knopf drücken lasse, ist bedeutungslos.

Mein blauer Planet wird ohne euch besser dran sein, wieder aufblühen.

Ich erschaffe Tiere, die in dem Chaos, das ihr angerichtet habt, leben können.

Wie viele von euch starben in den vergangenen Jahrhunderten, und werden heute noch, angeblich in meinem Namen, derer ihr mir viele gegeben habt, getötet?

Arbeitsplätze werden von Robotern übernommen. Aber wer soll eure Produkte kaufen, wenn keiner mehr einen Job hat?

Wenn ihr so weitermacht, werdet ihr überflüssig, schafft euch selbst ab.

Dann habt ihr mir die Arbeit auch abgenommen. Wegrationalisiert."

100

Phönix

Ich möchte Feuer entfachen, Augenleuchten erzeugen, strahlendes, neugieriges Interesse wecken. Funken sollen überspringen, die lange Nacht erhellen, bis nicht fallende Freudentränen glitzernd in Augenwinkeln verharren. Wer könnte diesen Sternschnuppen ähnelnden, silbersprühenden pyrotechnischen Wundern mit teilnahmsloser Miene begegnen? Fühlt ihr es noch? Das unsichere Kind, tief in euch drin, das ihr mal wart, und manchmal, vielleicht, immer noch seid? Lasst es heraus, ergreift seine Hand, geht zusammen forschend durch die Welt. Wagt Neues, das Freude bereitet. Jetzt seid ihr erwachsen. Ich reiche Wunderkerzen, zünde meine an, berühre damit die mir nächste, gebe nickend meinem Wunsch Ausdruck, es mir gleich zu tun.

Herzlichen Dank an …

… meinen Lieblingsmenschen, der es seit über zwanzig Jahren mit mir aushält. Mein Feuerzeichen brennt und rennt; dein Erdzeichen sorgt dafür, dass ich die Bodenhaftung nicht verliere.

… Angela Mittmann, meiner hervorragenden Kinesiologin für das Entstressen so mancher Themen und Personen.

… Marcel (SaJo) Baumgartner, meinem ganz persönlichen PC-Joker.

… Jürgen Vollmer und Elly Großmann für die Unterstützung. Ich fühl mich wohl bei euch.

… Silvia Figura für die ständige Ermutigung, an meiner Schreibleidenschaft dran zu bleiben.

… Oliver Meißner für das schnelle Erfüllen meiner manchmal recht ausgefallenen Bücherwünsche.

… Thomas Zigann für das Autorenfoto.

… Claudia Konrad für die Covergestaltung, Satz und unzählige andere Dinge.

… Carmilla DeWinter für das Lektorat. Es war eine schöne Zusammenarbeit.

… alle Menschen, die mich durch Äußerungen, ihr Verhalten oder anderes zu meinen Texten inspiriert haben.

Und meinen Lesern.

Weitere Werke

Acht Kurzgeschichten von Fred Keller aus der Welt des Geheimnisvollen, Spirituellen und Phantastischen sowie aus dem wahren Leben.

Genießen Sie eine Erscheinung am Nachthimmel, die Lebenshilfe einer Psychologin und eine unglaubliche Seelenwanderung. Erfreuen Sie sich an einer mittäglichen Begegnung und bewundern Sie zwei Männer, die am Tiefpunkt ihres Lebens neue Wege suchen. Amüsieren Sie sich über Pläne eines Möchtegern-Revoluzzers und atmen Sie durch, wenn aus trüben Gedanken erquickliche Freude entsteht.

Ein idealer Ausgleich für zwischendurch, wenn Ihnen wenig Zeit zum Ausspannen und Abschalten zur Verfügung steht.

Wenn die Sonne bläst
ISBN 978-3-96008-096-1
Taschenbuch, 8,60 EUR

Cynthia Silbersporn, voluminös, taff, selbstbewusst, Alter unbekannt, meistert in dreizehn Geschichten mit Hilfe einer übergewichtigen Elfe und zwei Magiern ihr Leben.

Seien Sie dabei, wenn Cynthia den Unsterblichkeitstrank kocht oder lernt, sich in der Nähe von zu viel redenden Menschen einen Ohrfilter aufzulegen, oder wenn sie einen Massenzauber übt, weil sie endlich ungestört ein Konzert genießen will.

Schließlich muss Cynthia noch das begehrte Hexen-Diplom erhalten, sie lebt ja in Deutschland, und da muss alles seine Ordnung haben.

Zu guter Letzt hofft Cynthia, einen großen Fehler wieder gutmachen zu können. Ob das gelingt?

Begleiten Sie Hexen, tätowierte Magier und die Katze Diva durch haarsträubende Situationen und solche, die Ihnen vielleicht auch schon untergekommen sind.

Cynthia Silbersporn - Hexengeschichten
ISBN 978-3-96008-883-7
Taschenbuch, 12,00 EUR

Vom Flüstern zum Schrei ist alles dabei. Ein Magier, der finanzielle Löcher der Stadt Pforzheim stopft. Karsten Becker, der einen Mord aufklärt. Phantastisches aus Ellys Mittagspause und Daniel Corner, der lernt, mit Kritik umzugehen. Offene Fragen einer Vegetarierin, die Opfer eines Vampirs wird und wie ein Mann von 50 Jahren eine neue Lebensrichtung einschlägt. Seien Sie dabei, wenn aus Irren ist menschlich – Irren ist männlich wird, eine Psychose mit Hilfe von Callas und Mozart verschwindet und ein Kinderbuchautor zum Horrorschreiber mutiert, weil seine Muse sich krank meldet und die Vertretung eine andere Auffassung besitzt. Abgerundet wird das Ganze von einem Abschiedsgruß an einen Krebstumor, der Körperverbot erhält.

Die Erstaz-Muse
ISBN 978-3-74488-282-8
Taschenbuch, 7,00 EUR

Vom Großwerden eines kleinen Bären
In 24 Geschichten erfährt Bubu, warum seine Eltern
verschiedene Dialekte sprechen, Bären keinen
Muttertag feiern und was passiert, wenn man ein
neues Buch nicht aus der Pfote legen kann. Er erlebt,
wie schön es ist, der große Bruder zu sein und wie
wichtig gute Freunde sind. Er lernt, wo Halloween
herkommt, dass man nicht alles glauben darf, welches
das schnellste Tier des Waldes ist und dass der Tod
vielleicht gar nicht das Ende ist.
Am Schluss begegnet ihm die große Liebe. Aber wird
die liebreizende Bärin auch ihn mögen? Die
fabelähnlichen Geschichten von Bubu, dem Bären,
möchten ein respektvolles Miteinander vermitteln,
sind bestens zum Vorlesen geeignet und liebevoll von
Helga Wolff illustriert.

Bubu, der Bär
ISBN 978-3-74940-853-5
Taschenbuch, 11,90 EUR